子ども　詩のポケット　24

猫町五十四番地

間中ケイ子

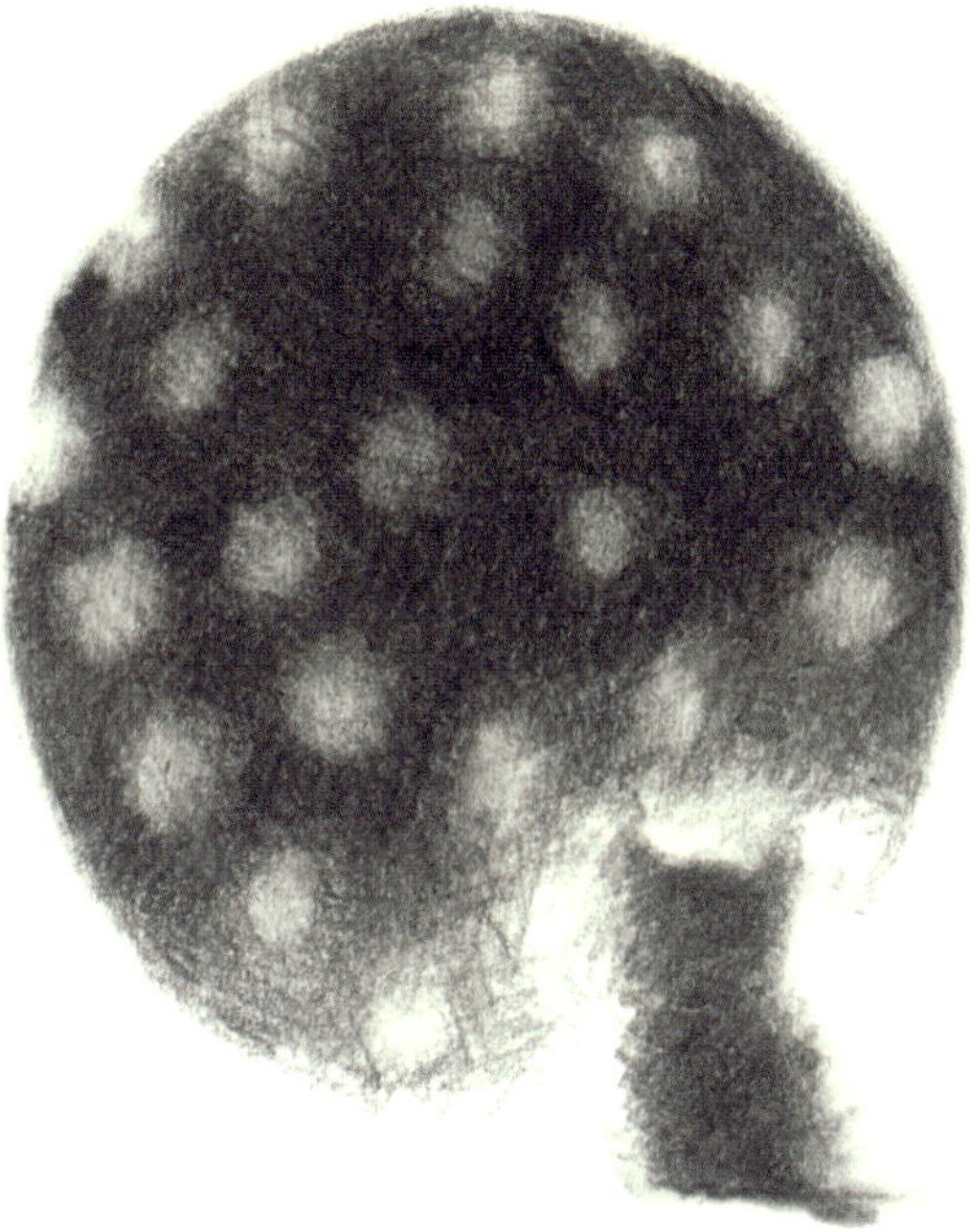

猫町五十四番地

―詩の歳事記―

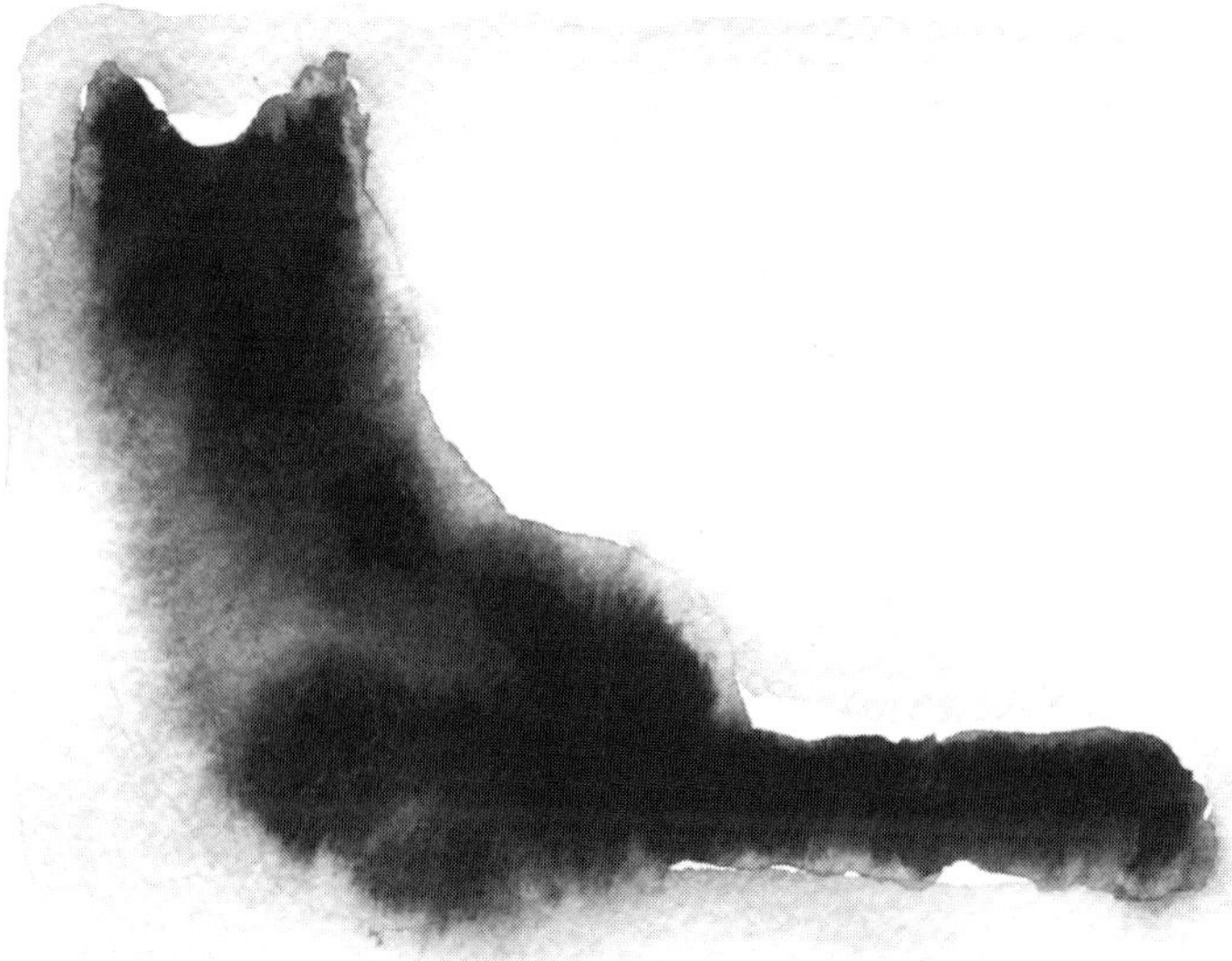

もくじ

I　猫小路

Ⅱ　十五夜

Ⅲ　一番星

I

猫小路

ひるね

ムクゲの木の下で
夢をみる
母猫に
だかれているように
まあるく
じぶんを
だきしめている

夏の庭ももいろの舌のぞかせて

虹

さいごの雨粒が
ぽとりと
水たまりに
おちた

走り出る子猫の爪のすきとおる

満月

せのびしても
とどかない

はるばる
宙《そら》のまんなかで
月が
わらっている

来年はきっととるぞと爪をとぐ

初雪

白い雪が
はらり
おちてきた
ひらり　ひらり
ひらり　ひらり
子猫の目の中に
つもっていく

こわごわと雪の深さをはかる朝

一月

元旦やふと目をさます猫のひげ

トラもようも
しっぽのくせも
きょねんのまま

そっと
ひげの先で
あたらしい年を
さわってみる

二月

公園をよこぎって
土をける

つめたい耳に
自分のなまえを
よぶ
声がきこえる

鈴の音夕餉《ゆうげ》の路地を走りぬけ

三月

春の月うしろ姿をそっと押し

ぬき足
さし足
しのび足

みずみずしい
土のにおいをつけて
猫は
ようよう朝帰り

猫町五十四番地　子ども　詩のポケット24

間中ケイ子詩集　解説

高木あきこ

短詩の魅力

間中ケイ子さんの『猫町五十四番地』には、六十六編の詩が収められている。はじめ目次を見たとき、作品数が多いと思ったが、読み終えるころには、もうすこし続けて読みたい気持ちになっていた。

わたしは詩を書くとき、心に浮かぶことばをとりあえず書き連ねてみるのだが、いったん文字にしたことばは、なかなか削れない。その結果、作品はズルズルと長めになりがちで、たまに短い詩を書くと、なんか物足りない気がして、また何行か付け加えてしまったりする。

ところが、この詩集の詩たちは、一編一編が短いのに〝完結〟していて、読みごたえがある。作者の前詩集『ちょっと首をかしげて』から十数年、その間、間中さんは、ますますきびしくことばに向かいあい、むだな表現をそぎ落としてきたのだろう。選び抜いたことばをストレートに用いた詩は、短詩独特の魅力を味わわせてくれる。豊かな季節感、昔から季節とともにあるわたしたちの暮らし、自然の中に息づくいのち……数行の詩のうしろに、ひろがる世界がある。

猫好きのわたしには、とくに第一章が興味深かった。この一章で、作者は、詩と俳句を結び付けるという大胆な手法を試みている。そして、詩と句はたがいに響きあい、高めあって、おもしろい効果をもたらした。

たとえば、「初雪」という詩――

白い雪が／はらり／おちてきた／ひらり　ひらり／ひらり　ひらり／子猫の目の中に／つもっていく

こわごわと雪の深さをはかる朝

詩と句はそれぞれ、印象的な場面に読者を引き込むか、両方を重ねることで、作品は立体的になった。雪の降りはじめ、はじめての雪にびっくりしていた子猫が、やがてつもった雪の中へおそるおそる出て行く――時間の経過とそれまでの猫の様子、興味しんしんの心理までもが想像できてたのしい。ほんとうに猫をよく知っている人でなければ書けない詩が、ここには何編も登場する。間中さんの猫に対する思いが伝わってくる。

読後、短詩のタイトルの重要性について考えた。タイトルが詩の一部になっているというか、たぶんそれだけ短詩は、書く対象の〝芯〟にまっすぐ迫らなければならないということなのだろう。作者の感性と〝説明抜き〟のことばで勝負する（？）短詩――間中さんのこの詩集は、日頃あまり詩を読まない人や〝活字離れ〟の若者にも、意外にスンナリ受け入れられるのではないだろうか。そうであると、とてもうれしい。

（詩人）

草花の香り

菊永　謙

四季折々の風景が、私たちの横を通り過ぎていく。人生という歳月の積み重ねのうちにそれらの光景もさまざまな色合いをおびて、生きてあることの深みと渋みをそれとなく伝える。読み手は、詩人の長い歩みのなかに、初々しさ、みずみずしさ、のびやかさ、ゆったりした心の広がりの移ろいを見ることができよう。間中ケイ子のこのたびの詩集一巻にあって、彼女の見つめる人生の光と影を、ゆっくりと読み手は知らされる。間中ケイ子の短い詩篇を拾い読みながら、私は快い笑みや渋みの含まれるやわらかな表情に導かれていく。

私はゆるやかな物語を含み持つ詩篇に心なごみ、すっかり酔わされる。例えば、作品「たね」。〈雨が／しとしとふる朝に／鳥が／落としていった／／春がきて／なつかしい山の／花がさく／遠い山にも／花がさく〉。なんてなつかしい日本人の心持ちなのだろう。春のおとずれ、はるかな記憶、私たちの父母が長い間語り継いできた子守唄、わらべうたの如き夢物語のあざやかな描写かに見える。例えば、「みつばち」において、春の野の、もしくは、秋野の咲き乱れる草花の美しさを思い浮べる。人生の、あるいは、若さのみずみずしい頂きの如き花々の風情とその一瞬の美を讃える虫たちの舞う光景。春日の夢、もしくは、秋夜の幻として私たちの人生のはかなさを、彼女の詩行は見せる。間中ケイ子一流のシニシズム、含み笑いを、続く作品「けむし」に見る。それらのさまざまなひとの持つ表情のうちに、人生の楽しみも哀切さも痛みも混在して手渡されているのに気付かされる。

人生の途上にあって、何かのえにしによって出会った二匹の猫たちとの心通わせる日々の移ろいも味わい深い。私などに心ひびく詩篇として「六月」など快い。何もかもが一度だけ新しくまばゆかったのだと知らせてくれる。〈猫に／傘は／いらない／ぶるぶると雨の滴をはらいのけ……〉。なるほど、生きるとはそういうことだったのかと改めて教えられる。作品「八月」「十一月」も心ひかれるが……。やはり心に深く染みてくる詩篇は「九月」であろうか。〈満月もならんで歩く猫の道／／青い光を／からだにしみこませて／猫は／おもいだす／／むかし／だれかと／歩いたことがある／あたたかいむねに／だかれて／ねむったことがある〉。やわらかな月光につつまれた猫の散歩のワンシーンが、月夜の小さな虹となって浮び上がって、やがてゆるやかに降り注ぐ。

詩集『猫町五十四番地』において、愛する猫や草花に心傾け、折々の子どもを中心とする諸行事に心躍らせ、歳月の深まりに妖しく輝く姿が浮び上がってくる。いつだったたか、秋の草花を抱えて電車を待っている彼女に京王沿線で出会った夕暮れを思い浮べる。

（詩人・児童文学評論家）

四月

あたらしい
いのちが
空にまいあがる

いま
まんまるい
猫の目のなかで
ういういしく
はばたいている
初めての空にとぶモンシロチョウ

五月

一日じゅう
窓から
雨を
ながめていた

やがて
猫は
雨の音を聞きながら
うずまきのように
まるくなって
ねむる

蚕豆《そらまめ》に大粒の雨ふりやまず

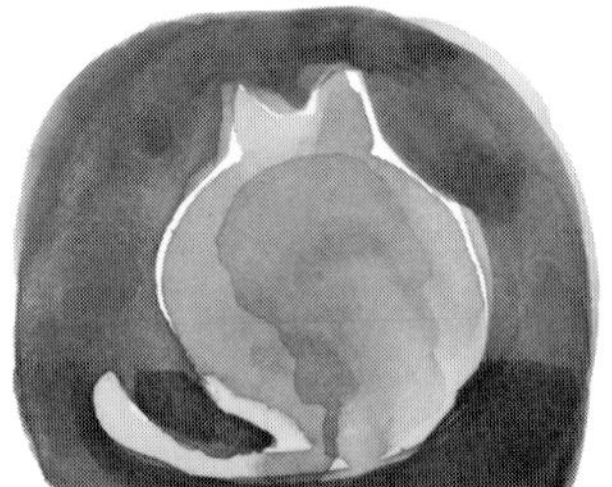

六月

猫に
傘は
いらない

ぶるぶると雨の滴《しずく》をはらいのけ

恋のなやみも
かなしみも
雨の大地に
ふきとばす

七月

一日の暑さが
草むらに
ひいていく

ひんやりした
砂利に
横たわる
老いた猫
若い猫

日が暮れて打ち水の庭に猫二匹

八月

コオロギの
胴体を
がぶりとくわえて
帰ってきた

きょうは
ほんものの
猫になった日

初獲物《えもの》けものの香する猫を抱く

九月

満月もならんで歩く猫の道

青い光を
からだにしみこませて
猫は
おもいだす

むかし
だれかと
歩いたことがある
あたたかいむねに
だかれて
ねむったことがある

十月

天いっぱいに
光が
みちてくる

猫は
三角の耳に
光をあつめて
あかく
もえている

木《き》守《まもり》柿ひとつのこして秋はゆく

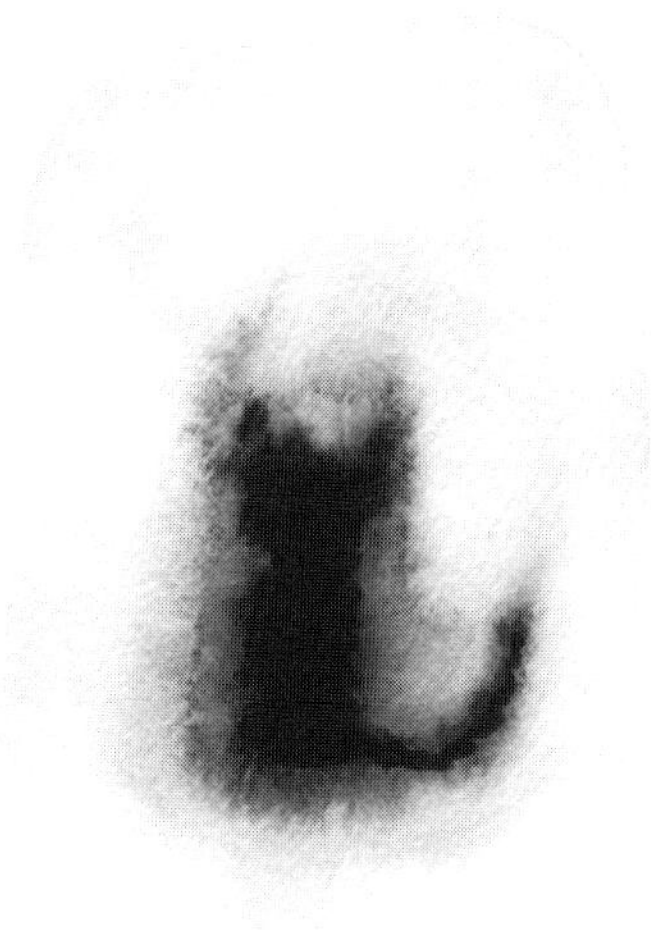

十一月

白猫が
ずぶぬれで
かけこんできた
水たまりのような
目が
じっと
わたしの心を
のぞきこむ

ノラ猫も入れてやりたい初時雨《はつしぐれ》

十二月

見つめる目凩《こがらし》の中から走り出し

凍りついた
水道が
くくっと
音をたてる

闇から
目玉が二つ
冬の中へ
とび出していった

冬の猫

北の風が
ピューとふいて
白猫が
せなかをまるめて
走りすぎていきました

診察室に
イワシの骨のような
レントゲン写真が
光に透けて
さがっています

くしゃみをすると
息がとまるほど
痛むのです

歩くと
道路のひび割れが
骨の割れ目に
くいこんでくるのです

横になると
みしっみしっと
かすかに音をたてて
骨組みが
ずれていくみたいです

もう
伸びたり
縮んだりするのに
つかれてしまった
らしいのです

北の風が
ピューとなって
肋骨は
かすかに
わらったようでした

ねこじょうど

ねこ　まんまる
まるくなって　ねむる
ねむったふりして　うすめをあけりゃ
あけたとだなに　くさやのひらき
ひらいためだまに　にらまれる
にらみかえして　したなめずり
なめたらあかんと　かぶりつく
かぶりついたが　ひゃくねんめ

ひゃくねんたったら　またおいで
おいでおいでの　まねきねこ
ねこまんぷくの　ひるねどき
ときどきひげを　ふるわせて
ふるさとこいしい　ゆめのなか
なかよしこよしの　かげぼうし
ぼうさんぼうさん　どこいくの
いってみたいな　ねこじょうど

ねこまんま

ねこ　まどろむ　ゆうぐれのまど
まどのむこうに　ひぐらしのこえ
こえはるかに　かなかな　かなし
くれるやまのは　あかねいろ
いろはにほへとちりぬるを
おやまのからすも　ねぐらにかえる
かえりのやまみち　やまねこけん
えんりょはいらない　けんけんぱー

なかにはいって　ふくぬいで
ちゅうもんしても　おさらはからっぽ
からしはぬったか　あしたのごはん
あたしのごはんは　ねこまんま
まんまと　いっぱいくわされた
くわれて　くれた　ひぐれみち
みちくさ　どうっと　かぜがふく
かぜのよりみち　まよいみち

猫小路《ねここうじ》

猫町五十四番地
風の通り道

貝や魚を
お皿にならべて
けむり色の猫が
まんまを
たべる

ここは
猫の細道

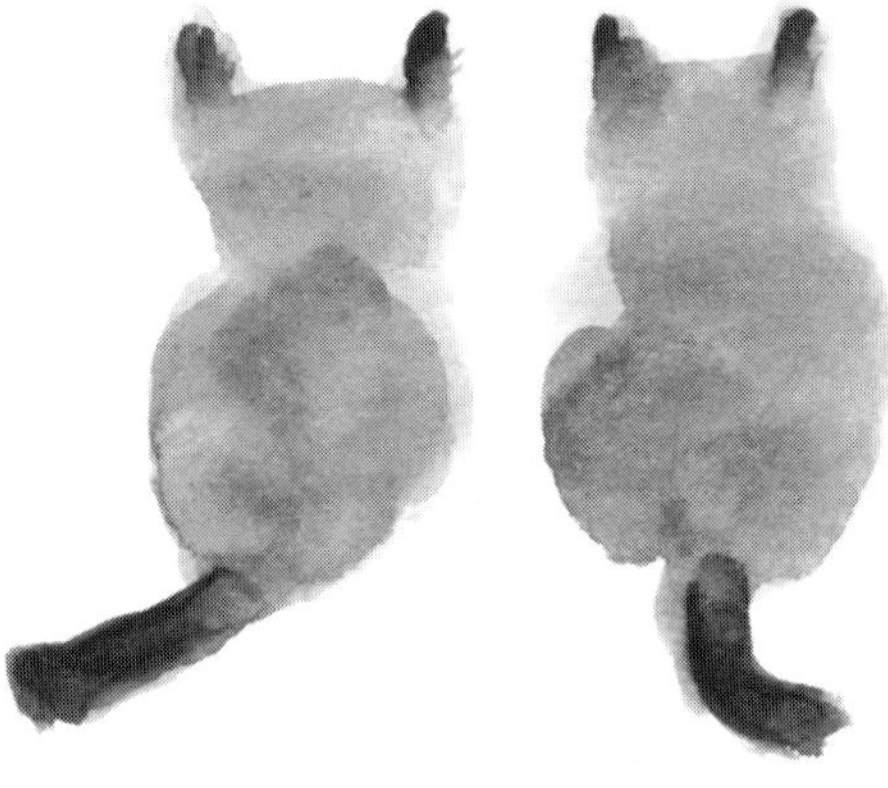

いつでも
すきなところで
すきなように
子猫が
ころりと
ねむる道

ぬき足
さし足
しのび足
通りぬけは
ご遠慮《えんりょ》ください

II

十五夜

元旦

なにもかも
きょうが初め
とおもった
思い出が
年の数だけ
ならんでいる

七草

白いゆげをたてて
花びらのような
あくびをする
たいくつをおいだして
ねこのお正月も
おわった

節分《せつぶん》

鬼が
冬をつれて
にげていく
春が
あわてて
目をさます

バレンタインデー

近づきすぎないで
見えなくなるから
はなれすぎないで
さびしくなるから

おひなさま

幾重にも重なる
絹のあいだから
千年の時の流れが
頬をそめて
しとやかに
ぬけだしてくる

卒業

どこか遠くへ行きたい
夕暮れの町を
たった
一本の骨になって
歩きたい

四月一日

キャベツは
つぼみですか
いいえ
春の
小包《こづつみ》です

新学期

なにかいいこと
ありそうで
なにも
いいことなさそうで
始業ベルが
チャランポランと
聞こえてくる

花祭り

春が
おしゃかさまを
花でむかえる
甘茶に
藤の花がこぼれて
天と地が
ひとつになる

五月三日

法は
そっと
本棚をぬけだして
たそがれの
歩道橋を
渡っていく

こどもの日

空に向かって
口をあんぐりあけている
鯉《こい》のように
少年は
いつか
新しい風にのって
およぎだす

ほおずき市《いち》

まっかな実を
じっと見ていると
おでこのあたりから
まあるいきもちに
なってくる

迎《むか》え火《び》

庭先で
白い火を
焚《た》いていると
ほおずきが
かすかにゆれて
なつかしい人が
帰ってくる

丑《うし》の日《ひ》

もえるような暑さの中
うなぎは
身をよじって
にげまわる
この日のために
きたえた体
どうぞ
観念《かんねん》してください

花火大会

川底のドジョウが
ひげを
八の字にして
うっとり
水面を見上げる

八月十五日

人気のない
展覧会場で
「平和」の習字が
ずらりとならんで
こちらを
見ていた

十五夜

ここにいる
ここにいる
と
鈴虫がなく
どこにいる
どこにいる
と
月がでる

敬老の日

おめでとう
と　生まれてきて
すみません
と　生きていく

秋祭り

まだ
ちょっとかたい
柿の実をむきながら
御神楽《おかぐら》をきいていると
ひさしぶりに
きょうはいい一日だった
と
思えてくる

七五三

おばあちゃんに
結んでもらった帯が
ちょっと苦しくて
むねが
きゅんとしてくる
おとなになるって
たいへんだ

冬至《とうじ》

縁側で
ねこが
かぼちゃとならんで
ほっこり
ふくらんでる

納豆《なっとう》

くっつきあい
ねばりあい
ゆうゆうと
いく時代もすぎてきた
白い糸が
遠い星まで
つながっている

大晦日《おおみそか》

あるようで
ないようで
終わりのようで
初めのようで
落ち着かないので
鐘をつく

Ⅲ

一番星

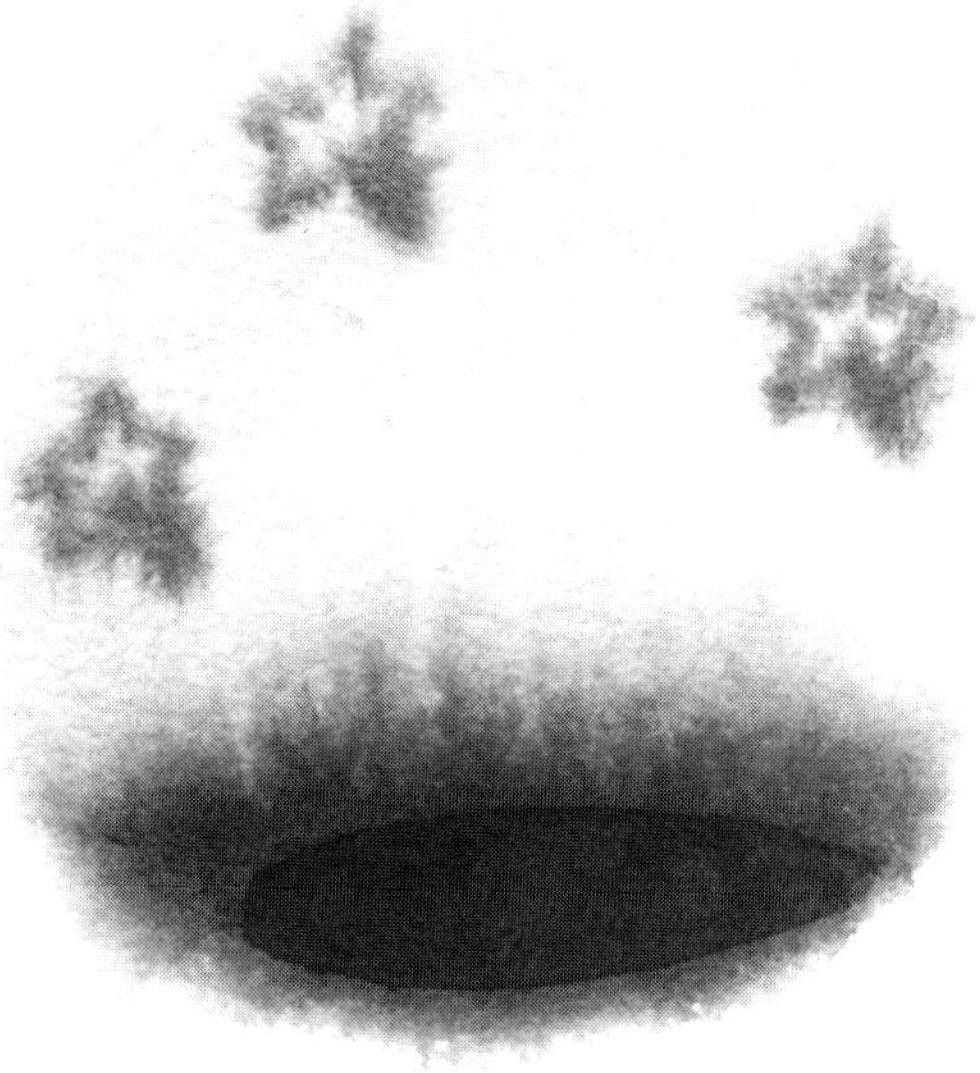

啓蟄《けいちつ》

ヒキガエルが
たるんだまぶたを
ゆっくり
ひきあげる
からだじゅうのシワが
音もなく
動きはじめる

たね

雨が
しとしとふる朝に
鳥が
落としていった

春がきて
なつかしい山の
花がさく
遠い山にも
花がさく

みつばち

花が
くすぐったいと
わらう
あまい蜜《みつ》を
いただきました

けむし

けむくじゃら
とうさん
けむしに　さされた

けむしは
せなかを　おどらせて
かえって　いった

ほたる

いきをとめて
思い出のような
時がすぎる
青い光が
からだじゅうに
しみてくる

梅雨《つゆ》

よけいなものは
なにもいらない
ミミズは
ただ
雨に
ぬれるだけ

ふうりん

あなたのように
ふわっと
まるくなって
すきとおったまま
夏の風に
ふかれていたい

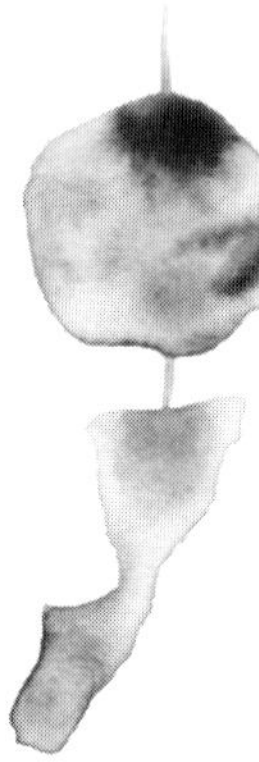

行水《ぎょうずい》

柿の木のしたで
たらいの水に
つかっていたら

とんぼが
ツィーッとやってきて
はだかに　とまった

月見草

夏草のあいだから
すっと立ちあがって
花嫁のように
咲いている

お月さまが
うっとり
みとれている

ラムネ

ガラス玉が
いきおいよくはじけて
夏がくる
わきあがる
入道雲を
ごくんとのみこむ

入道雲《にゅうどうぐも》

風が
プラタナスの葉を
いっせいに　ゆらす
ブランコが
雲の中から　すべり出す

誘蛾灯《ゆうがとう》

青くすきとおった
光にさそわれて
夜風に
羽をふるわせる

虫たちは
もう
どこにも
行かれない

線香花火

チチッ　チチッ
思い出したように
燃えては
きえる

火玉が
おちないように
息をとめて
目をとめて

チチッ　チチッ
夜が
そこだけ
燃えている

くらげ

95パーセント
海水の
からだのむこうに
海がみえる

5パーセントのじぶんを
ぎゅっと
だきしめると
毒なんか
もういらないと
おもうのです

鰯雲《いわしぐも》

海が
空をうつして
光っている
鰯は
波しぶきで
黒い瞳を
ぬらしながら
秋をおいかけていく

露《つゆ》

まよなかに
月が
そっと
なみだを　ながす

草むらで
こおろぎが
のぞいている

どんぐり

頭に
ぽとんと
おちてきた

秋が
山道を
ころがっていく

海鼠《なまこ》

過去も未来も
つるんと
ひとかたまりにして
ときおり
あのままのかっこうで
ぶらりと
でかけていく

路地

サンマを
焼いている

煙が
ごめんなさいよ
と
とおりぬけていく

たまご

光と影が
表面積を分けあって
ほんのり
明るんでいる

雌鳥《めんどり》のうつらうつらと春はゆく

ひよこ

かたい殻の中から
ふみだす
一歩
また
一歩

雛《ひな》ねむる母鶏の胸やわらかく

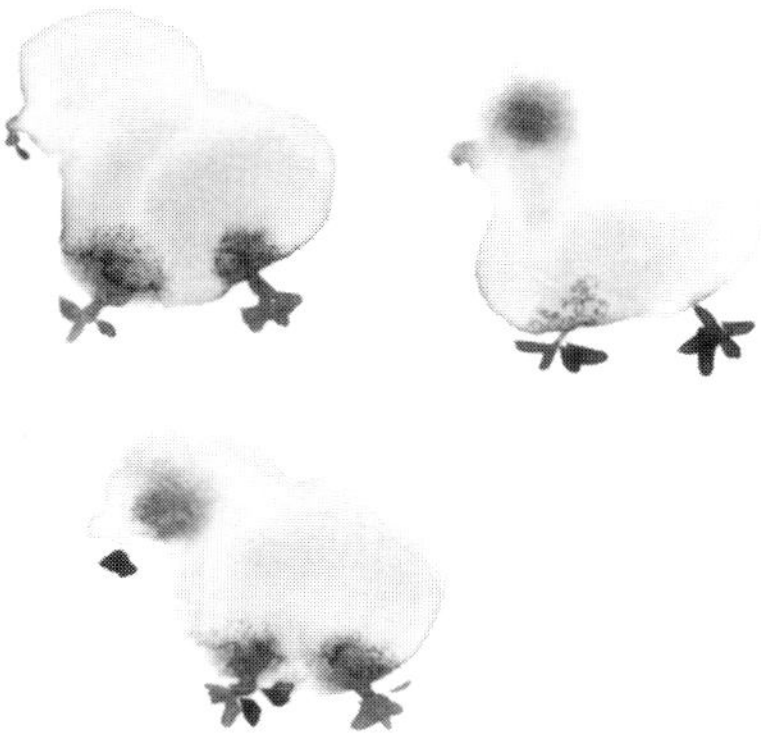

暁《あかつき》

屋根を打つ雨しずまりて鶏の声

宙をすくいあげ
雄鶏《おんどり》は
首をのばして
朝をのむ

一番星

夕闇に
くるりと
目を閉じると
白い羽が
風にふくらむ

大空の鳥になりたい星の夜

間中ケイ子がつかんだ世界の深さと広さ

――『猫町五十四番地』によせて――

皿海　達哉

大森貝塚を発見したモース博士は、アメリカから日本にやってきた人であるが、汽車の窓から外を見るのが好きだった。窓は端的に窓枠といってもよい。四角な窓枠を通してみることによって、同じ風景・事物がまるでちがったふうに見え、ときにその本質をさりげなく顕わしてくる。モース博士は、ふだん誰もが目にしていた大森沿線の風景の中に、日本考古学の原点の一つとなる貝塚を見た――その存在に気づいたのである。

最初から長い比喩を用いたことをお赦し願いたい。「詩」とよべばいいところを「少年詩」とよぶこのふしぎなジャンルについて考えるとき、私は、間中ケイ子が「少年詩」という窓枠をもって、自らの周囲に展開する風物や自分自身の内面のあれこれを見つづけてきたこと、それがしばしば他者であるわれわれの琴線にふれてくることを再認識せざるをえないのである。

彼女が彼女なりの窓枠を通して発見したものの一つは、例えば、いのちの孤独といったものであろう。桃色の舌をのぞかせ、槿の木の下でまるくなって昼寝している子猫を「母親にだかれているように／じぶんをだきしめている」と見る目は、子猫自身気づいていない孤独を一定の時間の流れの中で捉えている。母親らしいイメージは、そののち一度顔をのぞかせるが、子猫が「けもの」へと自立していく過程とそのありふれた日常を見まもる作者の目は、ひとり子猫のみならずいのちをもつ全てのものが成長し存在しつづける限り常に余儀なくされる挑戦、安定、挫折、孤独といったささやかながら千変万化する状況を、危ういバランスの上に見ている。「猫に傘はいらない」といい、「恋のなやみもかなしみも雨の大地にふきとばす」というとき、作者はもう自分が猫だか人間だか区別がつかなくなっている。

光と影が表面積を分けあってほんのり明るんでいる「たまご」や、95パーセント海水のからだのむこうに海がみえ、5パーセントの自分をだきしめ、もう毒なんかいらないと認識する「くらげ」、おめでとうと生まれてきて、すみませんと生きていく「敬老の日」の老人なども、なまなかな知性・感性では捉えきれるものではない。
Ⅰ章の「子猫」をモチーフにした詩を中心に、少しの感想を記してみたが、与えられた字数がもう尽きようとしている。Ⅱ章、Ⅲ章から私の好きな作品を一つずつ挙げておしまいにする。私なりに感じた間中ケイ子の「少年詩」の本質らしいもの深さと広さが他のどの作品にも言えることを知ってほしいためである。

鰯雲

海が
空をうつして
光っている
鰯は
波しぶきで
黒い瞳を
ぬらしながら
秋をおいかけていく

卒業

どこか遠くへ行きたい
夕暮れの町を
たった
一本の骨になって
歩きたい

二〇〇六年九月

（児童文学作家）

間中ケイ子（まなか　けいこ）

1947年　千葉県生まれ
本名：中野ケイ子。東京学芸大学卒業。小学校教員を経て詩作活動に。

児童文学同人「牛」所属。

〈主な作品〉

詩集「ちょっと首をかしげて」（らくだ出版）。「しゃべる詩　あそぶ詩　きこえる詩」「みえる詩　あそぶ詩　きこえる詩」（冨山房）「新・詩のランドセル」（らくだ出版）など。

菅原幸子（すがわら　さちこ）

武蔵野美術大学実技専修科油絵科卒業
1988～2002年　神保町「檜画廊」にて毎年個展開催
2003～2006年　銀座「Oギャラリー」にて個展開催
1995年より　表参道「アート・リビーナ」にてグループ「猫展」を毎年開催
現在、現代童画会会員

浜田洋子（はまだ　ようこ）

1946年　東京生まれ
武蔵野美大・油絵科卒業。児童書の挿画、絵本の仕事を中心に活躍。
〈主な作品〉
「魔法のことばツェッペリン」「わしの名はドンナモンジャ」（文研出版）「クリスマス・キャロル」（金の星社）「わんぱくピート」（あかね書房）など

子ども　詩のポケット　24
猫町五十四番地　間中ケイ子詩集

発行日　二〇〇七年二月二十日　初版第一刷発行
著　者　間中ケイ子
装　画　菅原幸子
挿　画　浜田洋子
発行者　佐相美佐枝
発行所　株式会社てらいんく
〒二一五-〇〇〇七　川崎市麻生区向原三-一四-七
TEL　〇四四-九五三-一八二八
FAX　〇四四-九五九-一八〇三
振替　〇〇二五〇-〇-八五四七二
印刷所　株式会社シナノ
2007 Printed in Japan

ISBN978-4-86261-002-7 C8392